RIMES
ÉCOLIÈRES

PAR

CHARLES BELVÈS

PARIS

E. DENTU, LIBRAIRE-ÉDITEUR

GALERIE D'ORLÉANS, PALAIS-ROYAL

—

1866

C.

15201

e

RIMES ÉCOLIÈRES

LAGNY. — Imprimerie de A. VARIGAULT.

RIMES
ÉCOLIÈRES

PAR

CHARLES BELVÈS

Mon Hélicon sans art c'est la jeunesse
Ma lyre c'est le cœur ; ma muse, la simple
vérité ; loin de moi l'idée de corrompre
une âme virginale.
(BYRON, *Heures de loisir*

PARIS
E. DENTU, LIBRAIRE-ÉDITEUR
2, GALERIE DU PALAIS-ROYAL, 2
—
1866

A MADAME M. EST.....

Aujourd'hui que les muses sont mortes, vous les avez remplacées près de moi. — Un historien de l'antiquité avait donné à chacun des livres de son ouvrage le nom d'une des neuf sœurs. Je mets le votre en tête de ces quelques vers qui doivent le jour à vos encouragements et à vos conseils.

CHARLES BELVÈS.

AU LECTEUR

Ils sont venus pièce par pièce

Se poser sur mon papier blanc,

Ces premiers vers de ma jeunesse,

Papillons au vol inconstant.

De mes pensers ils sont l'empreinte,

De mon cœur ils sont le miroir;

Ils sont tristes comme une plainte

Ou souriants comme un espoir.

Tous mes amis les ont vus naître

Au soleil de nos premiers jeux;

Ils sont éclos sur la fenêtre

D'où Mimi regarde les cieux.

Voix sonore et lyre vivante,

Mes vers sont un écho lointain

Où ma jeunesse toujours chante

Ce qui passe sur son chemin.

Mes vers disent ce que nous sommes

Et ce que nous avons été;

Ils s'adressent aux jeunes hommes,

Au vert printemps comme à l'été ;

Aux cœurs remplis des nobles choses,

Aux esprits grands, aux amoureux,

Aux enfants, aux vierges, aux roses,

Aux étoiles comme aux beaux yeux ;

A vous, lecteur, fou, riche ou sage,

Qui tenez mon livre en la main

Et souriez à mon jeune âge

Sous ce costume d'arlequin ;

A vous, qui devant la boutique

Où mes vers bayent au passant,

Par un moyen économique,

Préférez me lire en plein vent ;

Enfin à celui qui me vole

Pour quelques instants de plaisir.

Salut, ô lecteur bénévole,

Qui me liras sans t'endormir !

I

STELLA

Étoile de l'amour, ne descends pas des cieux.

MUSSET.

Un soir de nuit sereine et d'ombre dans les bois,

La lune dans le ciel semblait s'être voilée,

Les bruits vagues du jour se taisaient à la fois ;

Nous allions à pas lents dans une sombre allée.

Nous marchions ainsi tous les deux en rêvant ;

Sa tête se laissait aller sur mon épaule,

1.

Et ses grands cheveux blonds soulevés par le vent

Se balançaient pareils au feuillage d'un saule.

Une étoile brillait au fond du firmament

Comme une perle d'or sur un gravier humide;

Nous levâmes nos yeux vers le ciel, et l'enfant

Me dit en me montrant cette lueur timide :

« Quand tu seras parti, je reviendrai le soir

Songer à notre amour mes yeux sur cette étoile,

Si l'étoile pâlit, elle me fera voir

Que notre amour défunt s'est recouvert d'un voile,

Pars, mais quand tu seras bien loin, bien loin de nous,

Si tu lèves les yeux vers la voûte sereine,

Songe que quelqu'un t'aime et qu'elle est à genoux

A la place où ta main s'unissait à la sienne. »

Je pleurai, notre étoile en frémit de plaisir ;

Je posai sur son front un doux baiser de frère.

Pauvre astre ! tu n'es plus que dans mon souvenir.

Elle te cherche encor... rien ne lui dit : espère.

———

I I

LA CHAMBRE DE MON HOTE

La chambre de mon hôte est une chambre antique,

Une chambre d'artiste au goût original,

Où l'on voit confondus le grec et le gothique

    En un masque de carnaval.

Vous chercheriez en vain de ces chinoiseries

Comme on en aperçoit dans les petits boudoirs;

On sent le bric à brac près de ces vieilleries

    Où je me couche tous les soirs.

Les chaises, vieux débris qu'en un beau jour de foire

Notre artiste acheta moyennant quelques sous,

Selon l'armorial, figurent dans l'histoire

    Des ancêtres de Pegaudoux.

C'est là que s'asseyaient tous ses illustres pères

Les croisés, et qu'après bien des faits éclatants

Ils bourraient leurs fauteuils, d'après les mœurs guerrières

    De carcasses de musulmans.

Vous y verriez encor, selon l'ancien module,

Une glace, fondue à Venise autrefois,

Refléter humblement une vieille pendule,

    Souvenir de nos anciens rois.

Plus loin, de graves saints, se parlant d'un air gauche,

Semblent près de se battre en se tendant la main

Dans un coin, à l'écart, est une vieille ébauche,

    OEuvre d'un antique rapin.

Dans le fond de la chambre, et privé de lumière,

Est un lit gigantesque où ses pères et Lui,

Semblables aux héros du fabuleux Homère,

    Avaient peine à tenir la nuit.

Enfin pour compléter l'ameublement bizarre,

Deux sabres suspendus auprès de mon chevet

Menacent un tableau représentant Lazare,

    Qui de sa tombe se levait.

C'est ainsi qu'apparaît la chambre de mon hôte,

Ennemi du moderne et de tout art nouveau,

Il ne manque au logis, mais, ce n'est point sa faute,

Qu'une belle du Toboso.

III

AU BORD DE L'EAU

Au bord de l'eau,

Sous le vieux saule,

Au vert rameau,

Le soir, épaule contre épaule,

On va rêver, quand on est beau,

Sous le vieux saule.

Au bord de l'eau,

Quand vient la brise

Rider le flot,

A mes côtés elle est assise,

S'enveloppant de mon manteau

Quand vient la brise.

Au bord de l'eau,

Comme une folle,

Comme un oiseau ;

Elle suit l'insecte qui vole,

Se posant sur chaque roseau,

Comme une folle.

Au bord de l'eau,

Dans la nuit sombre

Et sans flambeau,

Je la sens frissonner dans l'ombre,

2

Tremblant au bruit que fait le flot

Dans la nuit sombre.

Au bord de l'eau,

Troublant les ondes

Au clair tableau,

Elle baigne ses mêches blondes,

Et se joue avec chaque anneau,

Troublant les ondes.

Au bord de l'eau,

Tout dit : je t'aime,

Et dans l'écho,

Avec une grâce suprême,

Et l'onde et la femme et l'oiseau,

Tout dit : je t'aime.

IV

L'ESCARPOLETTE

Elle allait et venait la frêle escarpolette,

Rapide, balançant son précieux fardeau,

On eût dit qu'une brise emportait la fillette

    Au ciel, comme un oiseau.

Nous avions beau pousser de toute notre force,

Le siége aérien qui volait dans l'air pur;

En vain des vieux tilleuls l'anneau brisait l'écorce,

    Elle eût voulu toucher l'azur.

Pendant qu'elle montait à travers le feuillage,

Nous regardions passer cet amour enfantin;

Et si le vent léger, durant ce court voyage,

  Découvrait le bas de satin,

Alors c'était des cris dans la troupe joyeuse,

Et l'enfant aussitôt se prenait à rougir,

Ramenant sur ses pieds sa tunique soyeuse,

  Qu'écartait bientôt le zéphyr.

Plaisirs des premiers ans et scènes d'un autre âge,

Doux souvenirs éclos dans un passé lointain,

Jours heureux et sereins qui précédez l'orage,

  Vous rayonnez dans mon matin.

———

V

PRIÈRE DU GUERRIER AVANT
LE COMBAT

> O mon père! bénis-moi; je remets
> ma vie entre tes mains. Tu peux
> me la prendre, tu me l'as donnée.
>
> (KOERNER.)

Le canon rugit; Des flots de fumée

S'échappent soudain de sa bouche en feu;

Un épais brouillard couvre notre armée;

Maître des combats, guidez-moi, mon Dieu.

2.

Je veux à présent, ou mort, ou victoire;

Je vais m'élancer sur les bataillons;

J'aurai pour linceul un linceul de gloire,

Seigneur, guidez-moi dans les tourbillons.

Au bruissement des feuilles d'automne,

Je te reconnais, Maître souverain;

Je t'écoute aussi, quand le clairon sonne,

Et ta voix se mêle au bruit de l'airain.

O Seigneur! mon Dieu, vous m'avez fait vivre,

Vous pouvez encor me faire périr;

Quel que soit le terme où le sort me livre,

Avant le combat daignez me bénir.

Nous voulons mourir pour la cause sainte,

Pour ce que l'on a de cher ici-bas,

Pour nos vieux parents frémissants de crainte,

Père, guidez-nous au sein des combats.

———

VI

A MON FRÈRE.

Va, mon frère, suis ta route,
Ame naïve, âme d'enfant,
Loin des hommes et loin du doute,
Marche le front souriant.

Quand tes passions seront nées,
Tu fouleras, sans douleurs,
Ce dur chemin des années
Que j'arrose de mes pleurs.

Frère, tu diras au monde :

Que me font tes voluptés ?

Plaisirs, passez comme l'onde,

Et vous, mes vertus, restez.

Restez dans mon âme vierge,

Car la vie est un flambeau

Qui doit brûler comme un cierge,

Pour éclairer le tombeau.

Va, mon frère, suis ta route,

Ame naïve, âme d'enfant,

Loin des hommes et loin du doute,

Marche le front souriant.

Ami, les jours ont des ailes

Et nous sommes dans la nuit,

Que nos heures les plus belles,

Comme des éclairs, ont lui.

Ici-bas, tout passe et tombe,

Tout s'envole autour de nous :

Le vautour et la colombe.

Tu peux ployer les genoux ;

Tu peux prier, ô mon ange,

Car ton âme est un ciel pur,

Pour moi, qui suis dans la fange,

Astre tombé de l'azur.

Dis, enfant, dans ta prière,

A ce Dieu clément et bon :

Seigneur ! veillez sur mon frère,

L'ange vaincra le démon.

Va, mon frère, suis ta route,

Ame naïve, âme d'enfant,

Loin des hommes et loin du doute.

Marche le front souriant.

Et puis, ami, lorsque l'âge

Sur mon front aura neigé,

Quand, pauvre oiseau de passage,

Assez j'aurai voyagé.

Quand, pèlerin solitaire,

De ce monde dégoûté,

Je pencherai vers la terre,

Songeant à l'éternité.

Tu diras à Dieu le père :

Pour ses remords pleins de fiel,

Pour moi, donnez la lumière

A cette âme, dans le ciel.

Va, mon frère, suis ta route,

Ame naïve, âme d'enfant,

Loin des hommes et loin du doute,

Marche le front souriant.

VII

LA JEUNE FILLE

A MADEMOISELLE L. B.

Une femme a toujours quelque sainte pensée.
(LACHAMBAUDIE.)

Voyez-la, c'est l'amour de toute sa famille,

Douce comme un bon ange et pleine de gaîté,

Son front est blanc et pur, et son œil qui pétille,

De ses traits virginaux relève la beauté.

3

Car Dieu voulut l'orner, dès sa plus tendre enfance,

Comme il orne les fleurs aux plus belles saisons,

Et sur ce corps, charmant de grâce et d'innocence,

Il se plut à verser le trésor de ses dons.

C'est l'ange du foyer, le soir près de sa mère,

Elle brode en silence ou chante au piano,

Et le son de sa voix, de sa voix pure et claire,

Nous fait songer à Dieu, qui l'écoute d'en haut.

Car elle fait passer son cœur dans la romance

Dans tous ces mots d'amour qu'elle jette en rêvant,

Dans la note qui vibre au milieu du silence,

Qui charme notre oreille et qu'emporte le vent.

Elle sait compatir à toutes les misères,

Au pauvre qui l'implore, elle donne du pain;

Sa bouche, en s'endormant, murmure des prières,

Et le beau Christ d'ivoire est placé sur son sein.

Ses rêves sont si purs, et quand elle sommeille,

De si chastes pensées peuplent son jeune cœur,

Que l'ange gardien, qui, près de son lit, veille,

Sur son front étoilé n'a pas tant de candeur.

VIII

A ÉMILIE V***

Dante avait Béatrix et Pétrarque avait Laure,

Et le monde entier aime et redit encore

Les vers harmonieux de leurs chansons d'amour.

Poëte adolescent, si je pouvais un jour

Mêler ton nom charmant aux accords de ma lyre,

Si j'étais un de ceux qu'on aime et qu'on admire,

Femme ton souvenir, avec l'étoile au front,

Passerait dans le cœur de ceux qui me liront.

Car, lorsque dans ma nuit je vois ta blanche image,

Lorsque dans mon sommeil, cher oiseau de passage,

Tu viens, en souriant, te poser sur mon cœur,

J'aspire doucement ton haleine, ô ma fleur,

Et l'inspiration éclairant ma pensée

Comme un rayon du jour la goutte de rosée,

Aux éclairs de tes yeux je vois, sur mon chemin,

Mes rêves d'avenir qui me tendent la main.

IX

A UNE MÈRE DE FAMILLE

Bienheureux les enfants, bienheureuse la mère

Quand la main du Seigneur a rempli la maison

De ces rires joyeux, gaîté que rien n'altère!

Qui viennent dans les cœurs chanter à l'unisson,

Et comme un pur soleil au jour de la moisson

Eclairer ceux dont l'âge a voilé la paupière.

Plus nombreux sont les fils, plus grand est le bonheur,

Plus nombreux sont les grains, plus fortes sont les gerbes,

Le mil tombé des mains du céleste semeur,

Rapporte cent pour un et ses fruits sont superbes.

Car on ne voit jamais par les mauvaises herbes,

Sa semence étouffée avant que d'être en fleur.

C'est un groupe divin, que tous ces petits anges,

Demandant un sourire au regard maternel,

Bégayant et chantant des chansons de mésanges,

Ou les concerts sacrés nés sous le saint autel,

Comme des chérubins, enfants de Raphaël,

Rêvant de ce beau ciel qui leur sourit aux langes.

X

A MESDEMOISELLES B***

Les voilà toutes mariées.

Dieu que de choses en un an !

Toutes à l'hymen conviées,

Mais où sont les roses d'antan ?

Où sont les bals, les nuits joyeuses,

Les quadrilles dans le salon ?

Où sont allés, mes amoureuses,

Collin-Maillard et Cotillon ?

Et ces baisers pour pénitence,

Ces châtiments tendres et doux,

Ce tribunal dont la sentence

Nous enchaînait à vos genoux ?

Et ce couvent, mes religieuses ?

Oh ! dites-moi, qu'avez-vous fait

De vos résolutions pieuses ?

Certes, le diable est satisfait.

Illusion ! rameau qui tombe

Par le vent de l'âge emporté

Sur votre hymen, sur votre tombe,

Tout seul debout, je suis resté.

Et je regarde fuir sans cesse

De ces bords que vous délaissez,

Le souvenir de ma jeunesse,

Perle au front de mes jours passés.

Vierge timide, vierge blonde !

Amitié d'une heure ou d'un jour,

Songes enfuis d'un autre monde,

Rêves éteints d'un autre amour.

Fantômes, anges et nuages ;

Mondes passés, mondes détruits

A jamais vos blanches images

Éclaireront mes sombres nuits.

XI

A MIMI

Dites, m'aimerez-vous longtemps ainsi, Madame?
Vos yeux me diront-ils toujours ce que j'y vois?
Comme une plume au vent, ainsi vole la femme;
Hélas, il faut si peu pour voler quelques fois.

Votre main viendra-t-elle encor presser la mienne?
N'aurez-vous pas perdu le chemin de mon front,
Quand, en avril prochain, la rose et la verveine
Dans les jardins fleuris ensemble renaîtront.

Il suffit d'un zéphyr pour que la feuille morte,

Aille languissamment rouler au fond du bois.

Il suffit qu'un amour entrebâille la porte,

Pour chasser du logis un amour d'autrefois.

Mais si vous m'oubliez, la chose étant probable :

(Car il ne faut jamais jurer de l'avenir :

Le bon Dieu dans ce monde est moins fort que le diable)

Donc, si vous m'oubliez, chère, pour en finir,

Quand nous serons courbés sous le poids des années

Quand sous la même faux nos têtes fléchiront,

Par le souffle du temps nos deux âmes fanées

Dans un dernier baiser, Mimi, rajeuniront.

Nous marcherons tous deux au pays d'outre-tombe

Bras dessus bras dessous, comme de vieux amis,

Moi comme un tourtereau, vous comme une colombe,

Imitant à peu près Philémon et Baucis.

Mais pourquoi songeons-nous à cette heure qui passe?

Que nous sert de casser les ailes à l'Amour?

Et puisqu'il faut enfin qu'ici-bas tout s'efface,

Dans notre souvenir inscrivons chaque jour.

On peut dans un instant vivre toute une vie;

Mimi, pour n'avoir pas à redouter demain,

Laissons prendre l'essor à notre âme ravie

Et puis endormons-nous en nous serrant la main.

XII

LE MOIS D'AVRIL

C'est la saison fleurie où le zéphyr nous porte.

Le parfum des rameaux qu'il aspire en passant ;

Où l'hirondelle vient nicher près de la porte;

Où tout rit, où tout s'aime, où la nature morte

Semble se réveiller aux bras de son amant.

Dans les grands bois obscurs, par les nuits embaumées,

On marche côte à côte en se tenant la main,

Et souvent un baiser part des lèvres aimées,

Et les oiseaux en chœur chantent sous les ramées

Les deux beaux jeunes gens qui suivent le chemin.

XIII

LE MANTEAU BLANC

Candidior niveâ,
Mens blanda in corpore blando.
(HORACE.)

Ah ! ce manteau blanc je le vois encore

Déroulant sur vous ses plis onduleux,

Comme une cascade, ou la blanche Aurore

Jetant sur le monde un manteau de feux.

Ainsi le matin passant par la brume,

On peut contempler la fille d'Arvor,

Couvrant à moitié, de ses tresses d'or,

Son manteau formé d'une blanche écume.

Vous sembliez un ange ; on eût dit des ailes

Qu'agitait parfois le souffle du soir ;

Vous sembliez quitter les sphères mortelles ;

Sous le blanc tissu brillait votre œil noir.

Le manteau léger ressemblait au voile,

Couvrant un rayon doux comme le miel,

Perle de la nuit, votre sœur au ciel,

Et que sur la terre on nomme une étoile.

Il vous entourait de son auréole

Et le blanc manteau qui flottait sur vous.

De votre innocence était le symbole.

Ah ! le beau vainqueur fit bien des jaloux !

4.

Mais telle au matin l'aube vient éclore,

Éteignant soudain les autres flambeaux.

Le vôtre éclipsa les autres manteaux

Et ce manteau blanc, je le vois encore.

———

XIV

UN IVROGNE EN PARADIS

Jeantou, fils de Jeannot, ayant perdu sa femme,

De cet événement encore tout chagrin,

Résolut, pour noyer les tourments de son âme,

D'aller boire un canon au cabaret voisin.

Il part donc en pleurant plus qu'on ne saurait dire,

Il conte son malheur aux filles du comptoir,

Et le pauvre Jeantou qui gémit et soupire,

Boit un litre, puis deux, puis dix, jusques au soir.

Si bien que sa gaîté revenait à merveille,

Et que quelques chansons accompagnaient ses pleurs ;

Sa face, il y a peu, blême, devint vermeille ;

Nul n'aurait pu trouver trace de ses douleurs.

Car il n'est rien de tel pour chasser toute peine

Que de venir vider son litre au coin du feu.

L'esprit est ainsi fait, ô contexture humaine !

Qu'il dépose son noir dans un verre de bleu.

Notre homme avait donc bu, mais bu comme une éponge,

Quand il voulut sortir pour aller prendre l'air,

Il tremblait sur ses pieds comme on fait dans un songe

Et se laissa rouler sur un pré d'herbe vert.

Il s'endormit si bien sur le bord de la route,

Que le passant tardif vit qu'il cuvait son vin,

Et, pour ne pas troubler ses doux rêves, sans doute,

N'ayant pas de remords, put suivre son chemin.

Ce qui fit que Jeantou prit son allure franche,

Mais son drap de gazon lui devint un linceul,

Et l'on retrouva mort, raide comme une planche,

Notre veuf fatigué de boire toujours seul.

Il monta donc là-haut trouver sa ménagère

Qui tenait cabaret au céleste pays.

A ce nouvel élu Dieu fit cadeau d'un verre

Où coulèrent à flots les vins du paradis.

———

XV

L'AVEUGLE

Elle avait seize ans à peine,
La pauvre fille aux chansons.
Elle allait dans les maisons,
Disant un refrain obscène.

La nuit était sur ses yeux,
Et la douleur dans son âme.
Elle chantait, pauvre femme !
Pour égayer les heureux.

Sa voix faible et chancelante

Sonnait un impur couplet;

Le sacrifice est complet

Lorsque l'âme est innocente.

La coupable fut la faim

Qui la chassa de sa chambre,

Et par un soir de décembre,

La jeta sur le chemin.

Aussi Dieu, qui récompense

Les maux soufferts ici-bas,

Mit au terme de ses pas

La mort, suprême espérance.

XVI

MISÈRE

Ah ! songez-vous parfois, que de faim dévoré,
Un indigent peut-être, en les carrefours sombres
S'arrête, et voit danser vos lumineuses ombres
Aux vitres du salon doré.
                                        (Victor Hugo.)

Il faisait mal à voir, triste, déguenillé,

Portant sur son épaule un vêtement souillé,

Où le doigt du malheur avait taillé ses franges.

Sous ses épais sourcils luisaient deux feux étranges,

Comme les yeux sanglants ou d'un tigre ou d'un loup,

Quand la faim les poursuit et les saisit au cou.

Il rôdait dans la rue ; et le long des murailles,

Lorsqu'une main de fer déchirait ses entrailles,

Il cherchait s'il verrait dans l'ombre du chemin

Quelque reste hideux pour apaiser sa faim.

Il pleurait, il hurlait, insultait. Dans sa fièvre,

Le blasphême montait sans cesse sur sa lèvre ;

Et quand le bruit d'un bal ou d'un joyeux festin

Arrivait jusqu'à lui comme un rire lointain,

Alors, levant ses bras, le pâle misérable

Dans l'ombre menaçait ceux qui chantaient à table,

Et demandant à Dieu quelques jours plein d'horreurs

Pour imprimer la crainte au front de ces railleurs,

Il formait dans son âme un projet d'hécatombe

Qui devait réjouir tous les gueux dans la tombe.

Oh ! si pendant le bal et ses gais tourbillons

Apparaissait soudain la misère en haillons,

Livide et laissant voir sa longue barbe grise

Couverte de verglas au souffle de la bise,

Spectre à peine vêtu pendant les nuits d'hiver.

Quel long frissonnement à ce spectacle amer

Passerait dans les cœurs égayés par les fêtes !

Que de fleurs aussitôt tomberaient de ces têtes

Honteuses de porter tant de vains ornements,

Quand la hideuse faim tient la misère aux dents !

XVII

A MADEMOISELLE J. B***

A L'OCCASION DU 1er JOUR DE L'AN

Si le ciel m'avait fait naître sous une étoile,

D'où l'or dans mon gousset descendit à foison,

Si j'avais des laquais, des biens, une maison,

Et qu'un vent favorable eût soufflé dans ma voile.

Si j'avais découvert au milieu des débris

Un vase : rni d'or de provenance antique,

Si j'avais retrouvé sous un linceul de brique

Des trésors ans pareils longtemps ensevelis.

Je mettrais ces trésors en entier sur ma table,

Et je dirais : je veux partager avec vous,

Car vous m'avez laissé des souvenirs si doux,

Que j'en ai conservé la trace ineffaçable.

Je n'ai pas de trésors, de biens, ni de laquais.

Pour le moment présent j'ai tout ce que je porte.

Plutus, l'aveugle dieu, passe sans voir ma porte ;

Vous accepterez donc mes compliments parfaits.

XVIII

LES SAVANTS

A M X. E.

Oui, notre siècle est grand, quoi qu'en disent les pitres,

L'histoire lui devra tous ses plus beaux chapitres.

Il apparaît brillant sur les siècles passés ;

Et dans Paris, la ville aux immenses murmures,

L'arbre de la science étendit ses ramures,

Et les peuples se sont à cette ombre embrassés.

Oui, notre siècle voit bien avant dans l'espace,

A travers le nuage ou la brume qui passe.

5.

Son doigt de l'univers mesure les contours.

C'est un grand ouvrier dont les œuvres fécondes

Découvrant chaque jour au ciel de nouveaux mondes

Des astres dans l'espace ont réglé les détours.

Et notre pauvre terre a beau rouler sans cesse,

Emportant avec elle un peuple qui l'oppresse,

Il reste quelque chose à ces tristes humains,

Et la course éternelle et l'éternel voyage

Permettent aux savants d'observer au passage

Les fantômes errants jetés sur nos chemins.

Comme vous êtes grands, vous dont le jour s'écoule

A regarder le ciel, à voir passer la foule

Des astres colossaux qui marchent lentement,

A considérer Dieu, l'axe immense du globe,

Nous enveloppant tous dans un pli de sa robe,

Semant l'étoile d'or dans le bleu firmament,

Du plus petit insecte à celui que tout nomme,

Tout dans cet univers, tout est connu de l'homme,

Et l'abîme sans fond que recouvrent les mers

Soupire à votre oreille une éternelle gamme,

Et vous entendez Dieu dire, au bruit d'une lame,

Ce qu'il fait chaque jour au sein des flots amers.

Vous laissez loin de vous la terre trop petite

Pour l'espace sans borne où le mond gravite ;

Vous montez comme l'aigle en des lieux inconnus;

Vous êtes des géants trop hauts pour notre taille;

Savants, à votre aspect, Dieu dans l'ombre tressaille,

Croyant voir des titans qui lui sont revenus.

XIX

LE MÉDECIN

Honora medicum.
(*Ecclésiaste.*)

Dans le sentier étroit que le sable dessine,

Dans la plaine, voyez un vieillard qui chemine;

La brise fait flotter ses longs cheveux d'argent,

Mais la douleur l'appelle au toit de l'indigent.

Précipitant les pas de sa maigre monture

A travers les buissons que blanchit la froidure,

Il va, mais les rameaux, tout chargés de verglas,

Contre son front pensif se brisent en éclats;

Et la nuit est bien sombre; au ciel, pas une étoile

Ne montre l'horizon, qu'une ombre épaisse voile.

Il entend dans les bois le hurlement des loups

Se mêler quelquefois aux clameurs des hiboux.

Pourtant dans le lointain, une faible lumière

Annonce que quelqu'un veille dans la chaumière,

Que des enfants, en pleurs gardent un moribond,

Des douleurs d'ici-bas près de toucher le fond.

Le médecin arrive, et toute la famille,

Anxieuse de savoir si quelque flamme brille

Dans ce corps délabré qu'éclaire tristement

Un flambeau résineux dans l'ombre vacillant,

Auprès de lui, bientôt, attentive, se presse;

Le plus petit enfant lui fait une caresse.

« Ne désespérez pas, dit alors le vieillard,

La mort n'a pas encor vaincu contre mon art;

Courage, mes amis, si la tempête est forte,

La science atteint le mal, le terrasse et l'emporte.

Et tous, en s'inclinant, bénissent le Seigneur

Qui, dans le médecin, leur envoie un sauveur;

Mais lui, continuant à poursuivre sa route,

Dans la campagne encor va visiter, sans doute,

Quelque famille en pleurs, quelque père expirant,

Toujours insoucieux de la pluie ou du vent.

O médecins, vieillard, homme mûr et jeune homme,

Soyez bénis, ô vous qu'en m'inclinant je nomme,

Pour vos rudes labeurs, pour vos nuits sans sommeil,

Et que chaque matin, au lever du soleil,

L'homme reconnaissant mêle, dans sa prière,

Vos noms si vénérés à celui de son père !

XX

SOUS LES TILLEULS

Lieux charmants, fraîches charmilles,

Où l'essaim des jeunes filles

Vient se livrer à ses jeux

Comme de jeunes abeilles,

Moissonnant les fleurs vermeilles,

Et s'en parant les cheveux.

Le soir, quand le vent soupire,

Quand le souffle du zéphyre

Effleure leur front si pur,

On aime l'essaim folàtre,

Dont les belles mains d'albâtre

Effeuillent les fleurs d'azur.

Leur âge est celui des roses,

Qui sont nouvelles écloses

Et qui parent le jardin ;

Jamais leur printemps ne cesse,

C'est l'éternelle jeunesse,

C'est un éternel matin.

Groupe aimé que Praxitèle

Eût choisi comme modèle,

Lorsqu'il créa sa Vénus;

A vous toutes nos pensées,

Au jeune âge fiancées,

Que le temps n'efface plus.

————

XXI

CADAVER

O horrible! ò horrible, mort horrible !
(Shakspeare. — *Hamlet.*)

Il était là gisant, froid et déjà livide ;

Ses yeux, que nul ami n'avait encor fermés,

Montraient leur globe empreint d'une couleur morbide ;

La mort semblait rallier sur ses traits déformés.

La veilleuse tremblante éclairait ses dents blanches,

Que rivait un effort de ses muscles raidis ;

Ses deux bras, sur le lit, pendaient comme deux branches

D'arbre mort, deux rameaux par l'orage flétris.

Sur ses lèvres glissait comme un hideux sourire,

Rire blasphémateur en naissant expiré,

Quand la mort en passant, violente, sans mot dire,

Dans son antre emporta ce cœur désespéré.

XXII

CORRUPTIO

Pedes ejus descendunt in mortem et
ad inferos gressus illius penetrant.
(*Proverbes* — SALOMON.)

Elle avait sur le front une large balafre,

Qu'un vaurien lui fit au fond des mauvais lieux,

Ses yeux étaient petits et ses lèvres de Cafre

Avaient je ne sais quoi de lascif et hideux.

Sa voix rauque et faussée avait un son de cuivre,

Ses poumons exhalaient de puantes odeurs,

Elle marchait à peine et semblait toujours ivre,

Du vin qu'elle prenait au verre des buveurs.

Elle semblait une oie idiote et difforme

Qui promène partout ses membres contrefaits.

La nuit elle glissait son odieuse forme,

Dans la rue, arrêtant les sales portefaix.

Elle n'avait plus rien de l'apparence humaine,

La débauche en avait fait une outre de plomb ;

Elle ne connaissait ni l'amour, ni la haine

Et son vice n'était qu'un abîme sans fond.

Elle avait sur le corps comme un manteau d'ulcères

Les vers la dévoraient, même avant le tombeau,

Ainsi qu'une charogne, au coin des cimetières,

Pourrit, pour disparaître en le bec du corbeau.

6.

Et voilà donc, mon Dieu, ce que devient la femme,

Voilà l'ange tombé plus bas que le démon ;

O toi, qui la gardais, qu'as-tu fait de cette âme,

Pour qu'elle allât se perdre au plus impur limon ?

XXIII

SOIF DE L'IDÉAL

> Emportez-moi donc, ô zéphirs prin-
> tanniers! Aquilons, prenez-moi sur
> vos puissantes ailes! Il faut que
> j'aille là-bas, c'est ma patrie, c'est
> le but des aspirations de mon cœur.
> (STRECKFUSS.)

Là-bas, où l'horizon s'unit au ciel d'azur ;

Là-bas, cercle des monts aux formes vaporeuses,

Sous ces rameaux discrets et dans ces bois obscurs,

J'aimerais à marcher pendant les nuits rêveuses.

J'aimerais le zéphyr, dans le feuillage épais

Et les sombres sentiers éclairés par la lune.

J'aimerais le ruisseau qui, sur un gazon frais,

Fait resplendir ses flots au sein de la nuit brune.

Puis, m'élevant plus haut que la cime des bois,

Au faîte d'un rocher dominant sur la plaine,

Je poserais mes pieds sur des pas de chamois,

Mon âme débordant d'une extase sereine.

Et là, débarrassé de toutes mes douleurs,

Libre, comme l'aiglon échappé de son aire,

Je rêverais encor le ciel et ses splendeurs,

Et je voudrais gagner l'étoile qui m'éclaire.

———

XXIV

SOIRÉE DE PRINTEMPS

> Per amica silentia lunæ.
> (VIRGILE.)

Chante, ô mon ange! chante, abandonne au zéphyre

Ce murmure aussi doux qu'un chant éolien,

Cet air qui fait rêver et que tu dis si bien

Quand, la main dans ma main, la volupté t'inspire.

Chante notre amour pur, car le printemps revient,

La nature est riante et la brise soupire,

L'air est plein de parfum et notre entretien

Enchante les échos et fait la nuit sourire.

5

Mouille tes pieds d'albâtre en ce flot toujours pur,

Dans mes regards ardents baigne tes yeux d'azur;

Livre au vent embaumé ta chevelure blonde.

Les faunes paresseux, couchés dans les roseaux,

Attendant sur ces bords une fille de l'onde,

Soulèvent, pour te voir, leur tête sur les eaux.

XXV

NINETTE

Ninette a la chevelure

Aussi noire que le jais,

Son front, comme une onde pure,

   Ne ride jamais.

Son œil, où l'amour pétille,

Lance de brûlants éclairs ;

Telle l'étoile scintille

   Dans le bleu des airs.

Ninette a la lèvre rose,

Lèvre de fraîche couleur,

Aussi l'amour s'y repose

Comme sur la fleur.

Ninette a la voix si tendre,

Si tendre, que les oiseaux

Se recueillent pour l'entendre

Sur leurs verts rameaux.

Le soir, quand sa main sonore

A touché le piano,

Longtemps on écoute encore

Murmurer l'écho.

Quand Ninette se promène,

En foulant le gazon frais,

Les nymphes de la fontaine

Dansent dans les prés.

Lorsque ma main la caresse,

Elle sourit doucement,

Elle est folle de tendresse

   Et je l'aime tant !

Je l'aime tant que la vie,

Sans Ninette, ne m'est rien,

Et qu'ici-bas mon amie

   Seule me retient.

———

XXVI

BERCEUSE

O toi vivant jouet de ta mère ravie,
De te voir si petit et si frais et si beau
(HENRI LASSERRE.)

Dors, ô frère des petits anges,

Dors, mon enfant, dors dans tes langes

Jusqu'au matin.

O jeune ami, laisse l'abeille

Errer sur ta bouche vermeille

Et sur le thym.

Dors, petit être, fleur nouvelle,

Qui sous le vent encor chancelle,

O chérubin !

Avant que ton sommeil s'achève,

Livre au doux songe, livre au rêve

Ton jeune sein.

Enfant béni, laisse ta mère

Dire à tes pieds une prière,

Hymne sans fin ;

Cri de bonheur et vœu suprême :

Mon Dieu ! veillez sur ce que j'aime,

Sur son destin !

Laisse le bruit, laisse le monde,

Au-dessus de ta tête blonde,

Passer en vain.

Oh ! sur ton âge plein de charmes,

Enfant, laisse verser des larmes

Au cœur trop plein.

———

XXVII

UNE AME AU CIEL

Ès tournado dins soun païs.

(GOUDOULI. — *Poésies du Languedoc.*)

Elle était blonde, elle avait les yeux bleus,

Une belle âme ;

Dieu lui gardait sa place dans les cieux,

La sainte femme !

Elle est partie à vingt ans, malgré nous,

Malgré nos larmes.

Comme en mourant son regard était doux

Et plein de charmes !

7.

Elle rêvait du ciel, d'un noble cœur

.Noble patrie.

Le ciel reprend son âme et l'air sa fleur

Trop tôt flétrie.

XXVIII

VIEILLE HISTOIRE

Dans le jardin, avril avait fleuri
L'œillet ardent, le jasmin et les roses,
Saison charmante à l'âge où tout sourit
Aux passions nouvellement écloses.

Dans le jardin, nous courûmes tous deux,
Nous arrêtant à chaque fleur vermeille,
Et bien souvent, pour orner vos cheveux,
Je dérobai l'œillet cher à l'abeille.

Comme j'avais placé sur votre sein

Bien doucement une fleur amoureuse,

Pour la sentir, me trompant de chemin,

Je rencontrai votre bouche rieuse.

Depuis ce temps bien des jours sont passés,

Mais celui-là reste dans ma mémoire.

Vivant ainsi parmi des trépassés,

Ce jour lointain est une vieille histoire.

XXIX

UNE EMBUSCADE

Un heureux songe de son aile
Effleure son front blanc et pur.
Elle entr'ouvre ses yeux d'azur.
Dort-elle?

Je t'aime et je serai fidèle,
Sa bouche a murmuré ces mots.
Rêvez d'amour sous vos rideaux,
Ma belle.

Vrai Dieu ! je crois qu'elle m'appelle.

Je me trompe. — C'est un vain bruit.

Pourquoi rêver ainsi la nuit,

Cruelle?

Je vois dans l'ombre sa prunelle

Étinceler comme un saphir.

O mon frère, je vais mourir

Près d'elle !

XXX

LOIN DE SA PATRIE

Θανατη ! Θανατη !
(SOPHOCLE.)

Un rayon de soleil se jouait dans sa chambre,

Annonçant le retour de la belle saison ;

Les oiseaux commençaient leur joyeuse chanson,

Et mon ami fumait sa pipe au long bout d'ambre.

Ses yeux étaient voilés et la mélancolie

Soulevait par instant son cœur tout oppressé.

Il voyait devant lui l'image du passé,

Et son premier amour, amour que nul n'oublie.

Ses vieux parents assis dans le fauteuil antique,

Et son frère et sa sœur, enfants aux blonds cheveux,

Qui ne le trouvaient plus pour partager leurs jeux,

Et son chien étendu près du foyer rustique,

La campagne prenant sa robe verdoyante,

Paraissaient tour à tour dans son rêve attristé.

Pauvre enfant, à seize ans, il avait tout quitté,

Ses parents, ses amis, son pays, son amante !

J'étais le seul qui pût dans ce cœur plein de charmes

Épancher quelque baume et quelques mots d'espoir,

Mais, hélas, loin de ceux que l'on ne doit revoir,

Tout miel est amertume et tout plaisir des larmes.

Il rêvait et des pleurs inondaient sa paupière;

J'entendis de son sein s'échapper des sanglots.

A peine en me voyant, me dit-il quelques mots,

C'est ainsi qu'il resta pendant une heure entière.

Vois-tu, murmura-t-il, ma jeunesse est flétrie.

Que me font ces oiseaux, que me fait ce soleil,

Puisque je ne vois plus ma mère à mon réveil !

Il me faut un rayon du ciel de ma patrie.

Hélas ! le pauvre enfant, triste fleur transplantée,

Exilé du pays qui le vit naître au jour,

Sous un ciel étranger, ne fit pas long séjour !

Je te pleure à présent, ô jeune âme emportée.

XXXI

FUITE DU TEMPS

> Fugit irreparabile tempus.
> (VIRGILE.)
> Il coule et nous passons.
> (LAMARTINE.)

Tout s'enfuit, disparaît sans cesse,

Fleur naïve de la jeunesse,

Jour serein, heureux souvenir,

Amours chastes et pleins de charmes,

Premiers regrets, premières larmes,

Passé qui fut un avenir.

A peine ouvrons-nous une porte,

Que, pareils à la feuille morte,

Le destin vient nous en chasser,

Et toutes les plus belles choses,

Les jeunes filles et les roses,

Tout, ici-bas, tout doit passer.

Ah ! quel est l'effroyable abîme

Demandant toujours sa victime,

Le mausolée universel

Où vont reposer dans la tombe,

Le vautour comme la colombe,

Vers dans l'oubli, femmes au ciel ?

XXXII

A MARION

J'aime les tourbillons de ta danse Macabre,

Marion, gai bohême, artiste aux blonds cheveux,

J'aime à voir sur ton front le chapeau de Calabre,

Et sous ses larges bords, flamboyer tes grands yeux.

J'aime à te voir bondir pareil à la panthère

Entraînant ta danseuse haletant sur tes pas,

Soulever sous tes pieds un long flot de poussière,

Qui couvre d'un manteau tes grotesques ébats.

J'aime à te voir poussant un rire de satyre,

Un rire dominant l'écho de Bullier,

Tandis que dans tes bras, la bacchante en délire

Se pâme de plaisir, ô beau cavalier !

O nouveau don Juan, être tout fantastique,

L'as-tu trouvé, dis-moi, ton superbe idéal ?

Ta danseuse inspirée et ta femme extatique,

Portant au fond du cœur tous les démons du bal.

Va, jette à tous les vents les heures de ta vie,

Danse toutes les nuits sans trêve et sans repos,

Jusqu'à ce que la mort, la danseuse en furie,

T'enlève comme Faust au sein des noirs troupeaux.

XXXIII

SOUS LES CYPRÈS

Les vapeurs du soir tombant sur le monde
Couvrent d'un linceul tout ce champ de mort.
Au fond des tombeaux dansant une ronde,
Un monde est debout quand l'autre s'endort.
Leurs corps ne sont plus, mais dans la nuit brune
On les voit glisser et leur regard luit;
Les âmes des morts jouent au clair de lune
Et sous les cyprès voltigent sans bruit.

Je m'arrête ainsi muet solitaire

Sur les vieux tombeaux où sont enfermés

Comme en un cachot que nul jour n'éclaire,

Tous ceux qu'ici-bas l'on avait aimés.

A travers le chêne au sombre feuillage

L'étoile fait choir une larme d'or

Sur le manteau gris de mousse sauvage

Qui dans le tombeau les recouvre encor.

Mais le vent au ciel souffle avec furie,

Je vois les esprits errer dans les champs;

De tous les côtés, leur voix pleure et crie.

Ce sont des vieillards, ce sont des enfants,

Et je me souviens qu'ils étaient sur terre,

Que les uns étaient de vieux laboureurs,

Que d'autres, hélas ! sont morts à la guerre

Laissant après eux des mères en pleurs.

Les sons repoussants de leurs voix éteintes

Me font frissonner et pâlir de peur ;

Le vent qui gemit se mêle à leurs plaintes.

Le froid du tombeau me glace le cœur ;

Guerriers et savants, bourreaux et victimes,

Dansent près de moi d'horribles sabbats.

Spectacle lugubre ! à l'heure des crimes,

Cette nuit, les morts prennent leurs ébats.

Fantômes de deuil, images funèbres,

Qui venez ainsi bruire à mes côtés,

Dont le regard luit au fond des ténèbres,

Spectres des amis jadis emportés,

Ne tourmentez pas ma jeunesse folle,

Laissez-moi jouir en paix de mes jours,

En attendant que mon âme s'envole

Et se réunisse à vous pour toujours.

XXXIV

AVANT, PENDANT ET APRÈS

Dans un lieu voisin des halles Maubert

Sous un escalier, au fond d'une loge,

Ninette naquit une nuit d'hiver,

Une heure où minuit sonnait à l'horloge ;

De ce fruit tardif le père étonné,

Se sentit bientôt de l'orgueil dans l'âme ;

Mais elle grandit, et l'âge sonné,

D'un étudiant elle devint femme.

Je la vis un jour au quartier Latin,

Pimpante et coquette, ainsi qu'une abeille,

Dans un cabaret chantant un refrain

Et tenant en main la dive bouteille.

Elle connaissait Beclard et Mourlon,

Mais elle me prit en dépit du Code,

Un mouchoir tout neuf, ce ne fut pas long;

D'autres ont appris l'hygiène à sa mode.

Je la rencontrai sur le boulevard

Avec petit pied à fine chaussure;

Elle relevait sa robe avec art

Et portait du rouge à la chevelure.

Je la regardais, elle me sourit.

Elle était encore en piètre équipage;

Elle alla plus loin, un chiquard la prit;

Je les vis s'enfuir au fond d'un passage.

Un jour de printemps, elle était au bois,

Dans une voiture à l'américaine;

Elle avait alors des bagues aux doigts,

Des perles au front et faisait la vaine.

Je la saluai, mais, avec dédain,

Me considérant des pieds à la tête,

Elle fit à peine un signe de main,

Et courut se perdre au bruit de la fête.

Comme je rentrais au théâtre, un soir,

J'aperçus au fond de la galerie

L'ouvreuse, c'était ma brune à l'œil noir,

Si belle autrefois, maintenant flétrie.

Elle avait perdu ses anciens amants ;

Trop vieille à présent pour être adorée,

Elle avait vendu ses beaux diamants,

Ses meubles de prix, sa couche dorée.

Quelque temps après, dans un hôpital,

Je vis rassemblés autour d'une couche

Plusieurs carabins, groupe jovial,

Gens que rarement la misère touche ;

Et je reconnus au lit de douleur,

Celle qui jadis me parut si belle.

Je me rappelai ses jours de bonheur

Et je m'en revins en pleurant sur elle.

9

TABLE

104

FIN DE LA TABLE.

LAGNY. -- Imprimerie de A. VARIGAULT.

LAGNY. — Imp. VARIGAULT.